Dieses Büchlein gehört:

_____

_____

Covergrafik von Heyrabbiticons/Canva

ISBN Softcover: 978-3-347-87312-4
Druck und Distribution im Auftrag des Autors:
tredition GmbH, An der Strusbek 10, 22926 Ahrensburg, Germany

Großdruck Malbuch
Tolle Tiere

Einfache Muster für Senioren und Erwachsene

 tredition

Über dieses Malbuch

Hier sind 40 nette Tiere zum Ausmalen.
Die Bilder sind durchnummeriert.

Und dazu etwas Gehirntraining!
Wie heissen die Figuren?
Im Kasten darunter kann man den Namen
dazuschreiben.

<u>Beispiel</u>

Ob man alleine oder in Gesellschaft
malt, wir wünschen viel Spaß am
Malen und an Ihren Bildern!

7

9

10

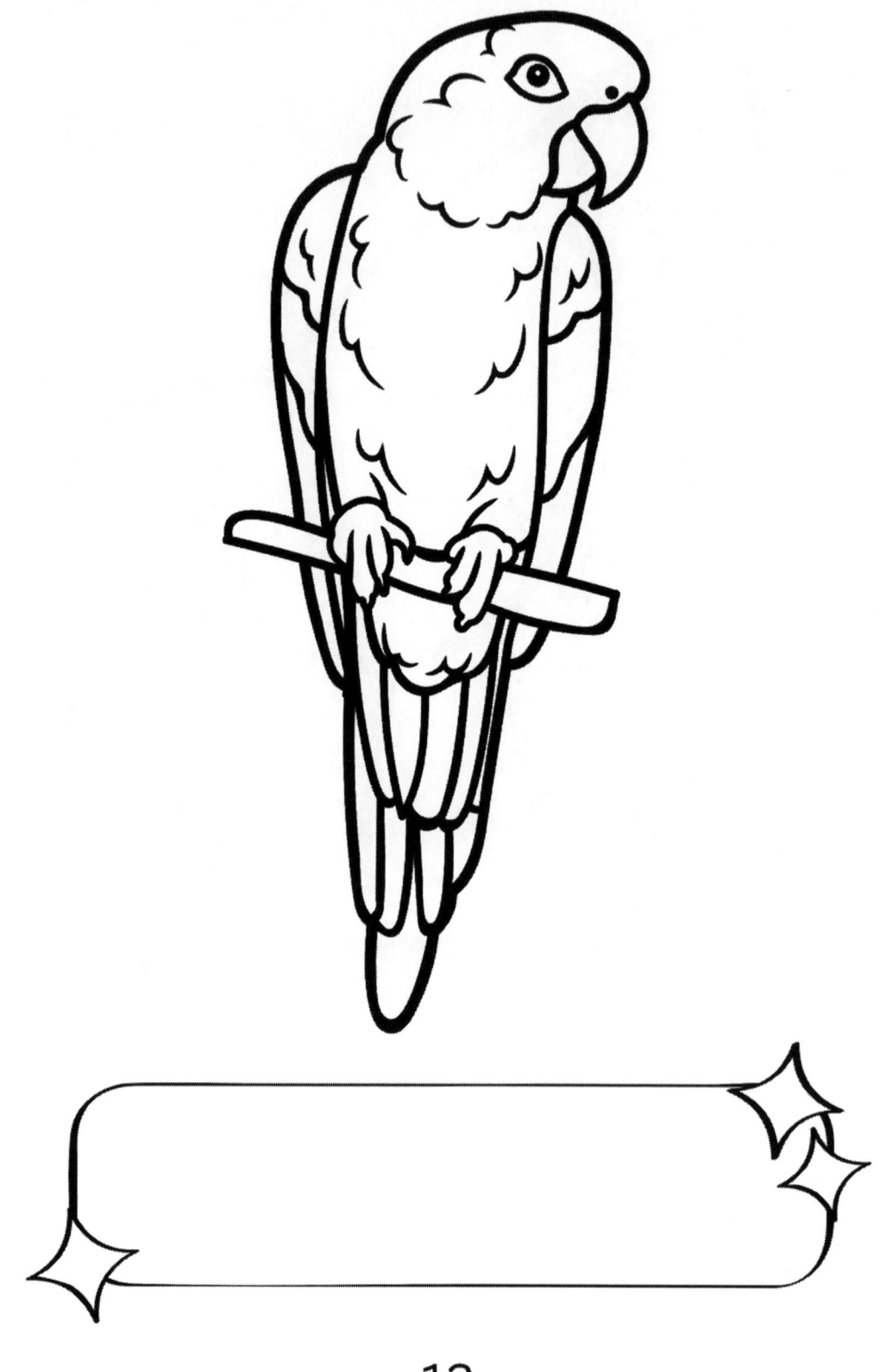

12

HALLO!

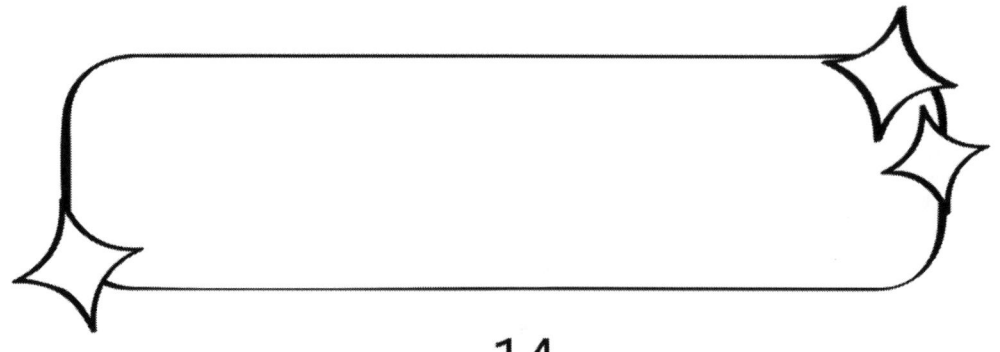

14

15

18

19

21

27

29

31

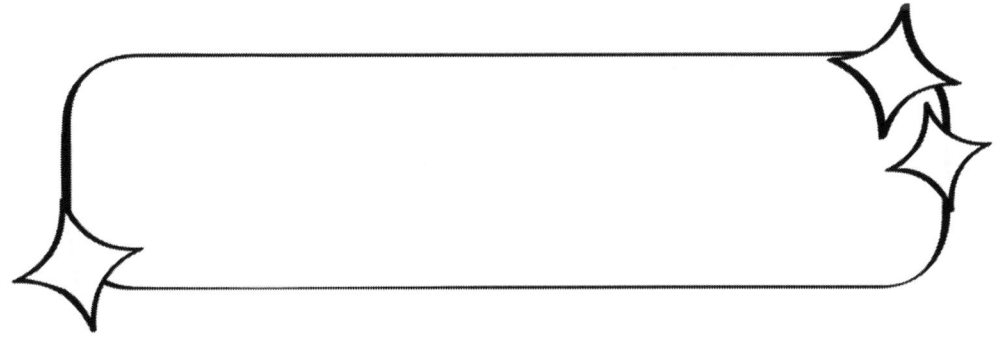

34

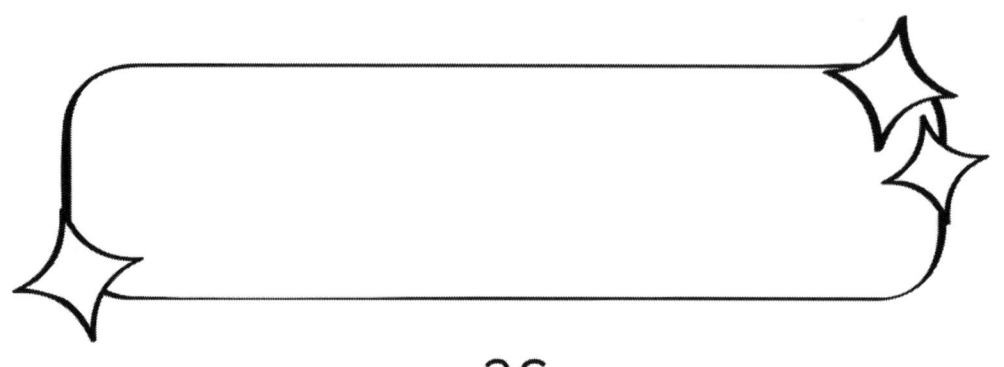

37

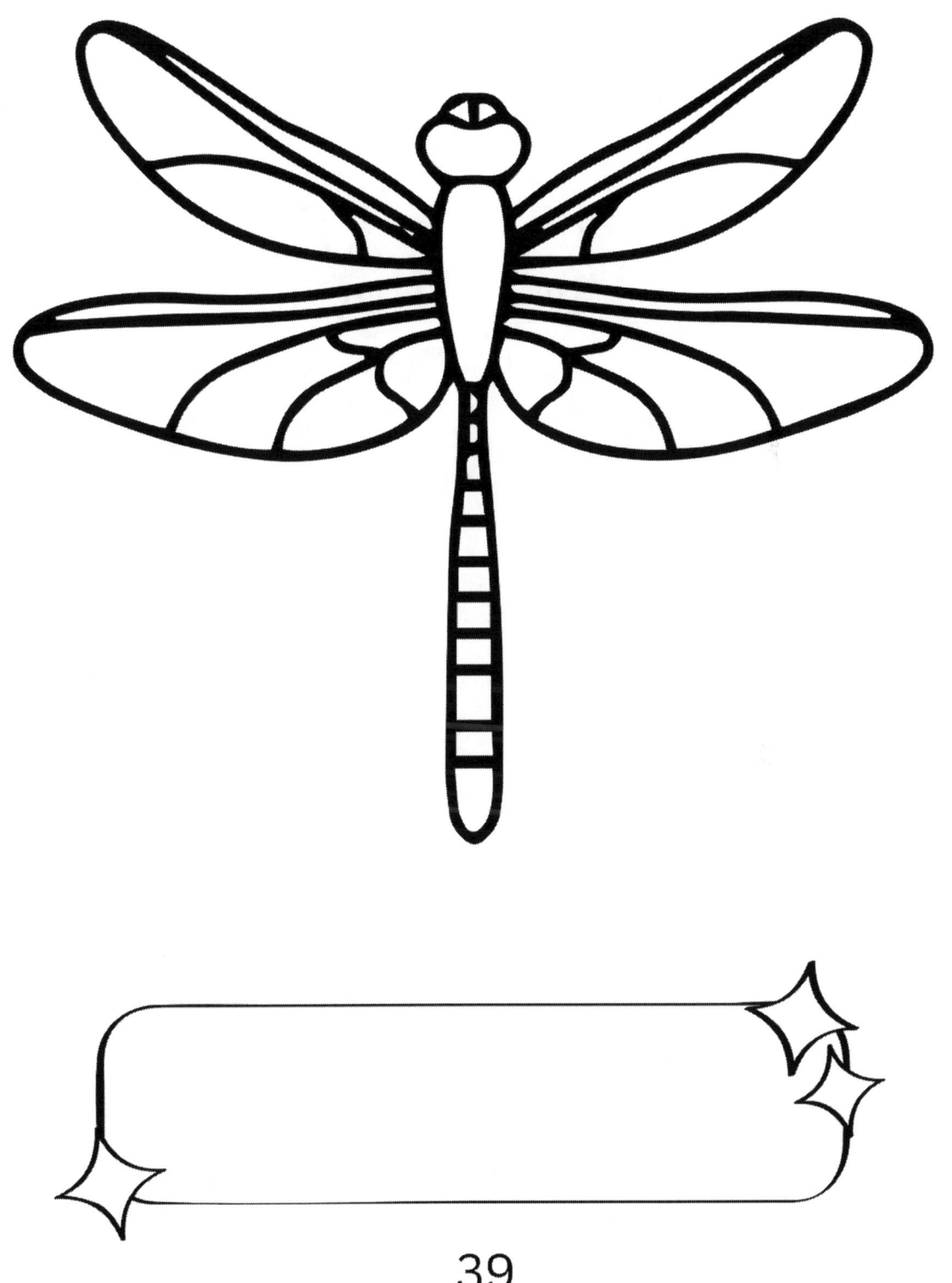

39

NOCH MEHR AUSMALSPAß

ISBN 978-3-347-83821-5

ISBN 978-3-347-83759-1

Malspaß von
HARDY HAAR

tredition

Zeitfracht Medien GmbH
Ferdinand-Jühlke-Straße 7
99095 Erfurt, Deutschland
produktsicherheit@kolibri360.de